AF396297

LA LOTTERIE,

FESTE GALANTE.

*Par M*****

A PARIS,

Chez FRANÇOIS BABUTY, ruë saint
Jacques, au-deſſus de la ruë des
Mathurins, à S. Chryſoſtome.

MDCCXIII.

Avec Approbation & Privilege.

LA
LOTTERIE,
FESTE
GALANTE.

U bout d'une épaisse forêt, se trouve un Château bâti à l'antique, que les Fées semblent avoir pris soin d'embellir. Il est élevé sur un petit côteau qui lui sert de base; la nature lui a fourni des

A

foſſez, dont l'art fait mon-
ter les eaux d'une maniere
ſi ingenieuſe, qu'elles ne lui
ſervent pas moins de toit que
de fondement.

Dans ce ſéjour délicieux,
l'on tira l'Automne der-
nier une Lotterie des plus
galantes. Ce jeu du hazard
fait preſentement l'eſpéran-
ce de bien des gens, & le
plaiſir des partis de la Campagne, quand on ſe trouve
en grand nombre.

L'on voulut ſe donner ce
divertiſſement chez Mada-
me la Baronne des Attraits,
Dame d'un merite ſolide &
agreable, qui n'a point per-

du dans sa retraite des Montagnes, cette politesse naturelle, qui la rend une des femmes du monde la plus accomplie.

Le rang qu'elle tient dans le monde, assemblant chez elle les personnes les plus distinguées de la Province; le Chevalier du Tendre s'y trouva du nombre. Comme sa mauvaise santé l'avoit obligé d'aller respirer un air paisible, après les fatigues de la Guerre, le beau feu de son esprit, lui faisoit inventer à tout moment mille choses agreables, pour augmenter les douceurs d'une si charmante solitude.

Il fut le premier qui s'a-
visa de tailler du papier en
petits billets. Il forma en-
suite d'un trait de plume
sur plusieurs, des cœurs parfaitement bien faits ; surtout les autres , des chifres qui nombroient tous la
somme.

Quand il eut mis autant
de billets avec des cœurs ,
qu'il y avoit de personnes
dans l'assemblée , & qu'il
eut mis une devise à chaque
cœur pour le distinguer. Il
fit un grand nombre de
billets chifrez ; & s'ad-
dressant à Madame la Ba-

ronne des Attraits ; voulez-
vous, Madame, lui dit-il,
faire une Lotterie enchan-
tée ; vôtre cœur fera le
gros lot , le mien le fe-
cond.

Vous déterminerez du
rang de tous les autres ,
comme il vous plaira. Tous
les billets qui ont des chifres , vaudront un Louis :
ils feront reputez blancs ;
vôtre generofité en fera l'u-
fage qu'elle voudra. Nous
fournirons les fonds pour les
remplir.

Mais ce n'eft pas une ba-
dinerie , Madame , dit le
Chevalier ; c'eft tout de bon,

il faut agir de bonne foy
dans ce jeu - cy. Celui qui
aura le gros lot, qui eſt
vôtre cœur, doit vous en-
gager, Madame. Pour moi
ſi je le gagne, je mourrai de
joye à vos pieds.

Vraïment, lui dit Ma-
dame la Baronne, il ſem-
ble, Chevalier, que vous
parliez d'un contrat, & non
pas d'une Lotterie. La Lotterie eſt un jeu du hazard,
où ceux qui s'aſſurent le
plus, ont d'ordinaire le
moins. Si le gros lot eſt
pour un autre, que ferez-
vous, Chevalier ? Si vous
le payez, Madame, je

mourray de douleur.

Comment, ſi je le paye, reprit Madame la Baronne? m'avez-vous pas dit qu'il falloit agir de bonne foy ? Hà ! Madame, je n'ai penſé qu'à moi dans cette occaſion. Le jeu du hazard ſortoit du deſſein, mais je ne puis m'empêcher de croire, que juſqu'au hazard me ſera favorable.

Toute l'aſſemblée qui connoiſſoit l'agrément du Chevalier & le beau feu de ſon eſprit, mit ſa bourſe en ótage, pour fournir la ſomme des billets reputez blancs,

tout le monde declarant
que ce qui reviendroit de
ces billets, seroit mis entre
les mains de Madame des
Attraits, ou du Chevalier,
pour en faire une noble
distribution; n'aspirant tous
dans ce jeu galant, qu'au
bonheur de rencontrer un
cœur tendre & fidele, & au
plaisir de le conserver par
tous les soins que l'amour
peut inspirer.

Le Chevalier leur dit, le
hazard ne nous sera pas
contraire, quand nous met-
tons la fortune à ses pieds,
afin de nous le rendre favorable : pour moi j'espere

dans cette occasion , que l'amour conduira le sort , ou que le sort servira à l'amour.

L'on commença la Lotterie ; les bons billets furent marquez par des cœurs , & tous les billets reputez billets blancs , par des chifres qui nombroient un Louis chacun. Pareils billets blancs auroient bien été les noirs d'une autre Lotterie , mais la magnificence brilloit dans cette assemblée.

C'étoit moins pour fléchir le destin , que pour détester l'avarice , que l'on

faiſoit cette petite profu-
ſion.

L'on tira la Lotterie avec
tout l'ordre & l'exactitude
poſſible : mais les ſoins, les
deſirs, & tout l'amour du
Chevalier, ne lui donne-
rent pas le gros lot. Il
fut gagné par le Marquis
de la Fidelité, qui ne le
deſiroit pas moins que le
Chevalier du Tendre.

Mais Madame des At-
traits, qui eut payé tres-
fidelement le Chevalier, ſe
trouva inſolvable, quand
il fut queſtion de payer le
Marquis. Si l'amour eſt in-
juſte & rigoureux, même

quand on fe joüe avec lui;
qu'il eft à craindre, quand
il paſſe de l'agrement au fe-
rieux.

Il y eut peu de gens tout
à fait ſatisfaits du ſort dans
l'aſſemblée. Les billets blancs
qui valoient beaucoup , é-
toient comptez pour rien.
Quelques-uns des cœurs ne
fe trouvoient point aſſortis ;
de maniere que le Cheva-
lier chagrin de ſon invention , ne ſçavoit comment
foûtenir la ſuite de ſa pro-
poſition. Madame la Ba-
ronne le tira d'embarras ,
quand elle vit que le Marquis follicitoit ſon paye-

ment, & ne perdoit pas une
occasion de la faire sou-
venir qu'il avoit gagné le
gros lot.

Elle lui dit, Marquis,
cela est vrai ; mais que ne
donniez vous au hazard une
puissance plus étenduë : pour
moi , je croi que ce n'est
pas le même hazard qui
donne le bon billet, & le
penchant. Vous n'avez fait
vôtre cour qu'à l'un des
deux : car l'autre vous a mal
servi : mais je vous payerai
bien, si ce n'est mon cœur,
s'en fera un autre qui le vau-
dra.

Voilà Mademoiselle des

Graces, qui a retrouvé fon
cœur dans fes billets, elle
fçait le droit que j'ai fur
lui, comme amie & paren-
te. Je la prie de vouloir
bien qu'il ferve à m'acquit-
ter envers vous ; afin de
m'épargner la honte de mon
impuiffance. Le bien que je
vous refufe, ne vaut pas
celuy que je vous donne ;
& je vous croi tres-con-
tent de mon infenfibilité.
Les maux fans remede ont
toûjours le defefpoir, ou la
tranquillité pour expreffions.

Le Marquis qui aimoit
beaucoup Madame la Ba-
ronne, fe trouva tres-ab-

batu de son sort ; & ne reçût qu'à regret le cœur d'une des plus belles filles du monde. Chagrin de son malheur, & n'osant par respect résister aux ordres de Madame la Baronne : il falut donner ses soins du côté de cette belle personne, & feindre par la force de son amour celui qu'il ne sentoit pas.

Pour le Chevalier, il ne pouvoit cacher sa joye. Il crut voir son bonheur écrit dans l'infortune du Marquis. Il ne se trompa pas, sans le penchant que Madame la Baronne avoit pour

lui , elle auroit écouté celui que le Marquis avoit
pour elle. Mais un attachement formé par l'habitude,
plûtôt que par la fympa-
tie , fe développa dans cette
occafion.

Le Chevalier plus atten-
tif à fes fentimens ; Madame des Attraits moins foi-
gneufe d'éviter l'amour :
la facilité de parler du cœur
à l'occafion de la Lotterie,
fit du badinage de la Campagne , une affaire ferieufe
de l'ame. Madame la Ba-
ronne s'apperçut dans ce
rencontre de l'eftime qu'elle
avoit pour le Chevalier , &

ne pouvant pas abfolument
fe blâmer, elle crut pouvoir
foûtenir cette diftinction,
fans rifquer tout-à fait fon
cœur.

C'eft pourquoi, loin de
s'interdire la douce habitude de fe voir fouvent,
elle y ajoûta celle de fe parler fouvent du plaifir qu'on
a de fe voir : & infenfible-
ment elle fortifia fon penchant, en augmentant celui
du Chevalier. Elle avoit cependant fujet de craindre
plus qu'un autre les engagemens du cœur. Toute
parfaite qu'elle étoit, elle
pouvoit juftement fe plain-
dre

dre de l'amour. Si elle n'a-
voit pas éprouvé les rigueurs
de l'infidelité , elle avoit
reſſenti les maux de l'abſen-
ce : & rien n'eſt plus cruel,
quand on aime bien tendrement. Elle devoit redouter
l'amour avec tremblement.

Après les maux que fait
l'amour , peut on ſe reſoudre à aimer. Mais ſi l'on
ne peut ſe reſoudre à aimer,
comment peut-on ſe reſou-
dre à vivre ? C'eſt l'idée que
Madame la Baronne avoit
de l'amour.

C'eſt pourquoi elle ne
s'oppoſa point à ſon nou-
veau penchant : & le Che-

B

valier trouva que le hazard est une Divinité bien cachée, dont on ne connoît gueres les reſſorts. Il eut le cœur, ſans avoir le billet qui devoit le donner: & la Lotterie fut une invention ſûre pour avancer ſon engagement, plûtôt qu'un jeu incertain.

Pour Mademoiſelle des Graces & le Marquis, ce n'étoient que ſoins, aſſiduitez, manieres galantes, & l'on auroit crû qu'ils couroient à l'engagement; pendant que l'un & l'autre fuïoient l'amour en ſe cherchant. Mademoiſelle des Graces aimoit

tendrement le Duc de***qu’-
elle avoit vû deux fois par
occafion, dans un voyage
qu’elle fit aux eaux.

Il étoit tres-amoureux
d’elle, & ne pouvoit avoir
d’accès en fa maifon, parce
qu’elle avoit une grand’mere, qui ne donnoit accès
chez elle à nul homme; à
moins qu’il ne fut fon pa-
rent. Cette circonftance difficile,avoit fait prendre au Duc
le parti de voyager, pour
tâcher d’éteindre la violente
paffion qu’il avoit pour Mademoifelle des Graces, ou
pour attendre un temps plus
favorable à lui faire con-

noître ſes ſentimens.

C'eſt pourquoi le Marquis & Mademoiſelle des Graces, étoient tout propres aux avantures de la Lotterie. Ils faiſoient comme le hazard : ils ſe joüoient de tout : & leur cœur fixé, les exemptoit du mauvais choix, que le hazard fait ſouvent pour nous.

Pour la jeune Comteſſe de Bel Amour, qui avoit eu pour lot le cœur du jeune Silvandre, elle filoit en riant ſon engagement avec lui. Elle avoit tout ce qu'il faut pour être belle, & non pas tout ce qu'il falloit pour plaire.

Il avoit de son côté tout ce
qu'il falloit pour plaire,
jusqu'à l'indifference. Ce n'est
pas la circonstance la moins
necessaire auprès de certai-
nes femmes, pour redoubler
leur affection, qu'un difficile
accès au cœur.

Silvandre étoit de ces beaux
hommes, que l'amour pro-
pre rend insupportables, qui
n'ont d'assiduité que pour
eux-mémes ; qui ne trou-
vent pas une belle femme
au monde, & qui distri-
buent leurs faveurs comme
par charité. Il ne falloit pas
moins qu'une jeune folle,
comme la Comtesse, pour

soûtenir un pareil engagement. Mais comme son petit
caractere la faisoit rire aux
Anges, elle rioit volontiers
aux hommes : elle rioit de
tout.

La belle Mademoiselle
des Charmes, née d'un ca-
ractere tres différend, joüoit
bien aussi un autre rôle. Le
hazard donna son cœur au
vieux Comte de la Constan-
ce, homme dont la vie n'é-
toit remplie que de gloire &
d'amour.

C'étoit un Héros des deux
genres : il avoit marqué sa
valeur en mille occasions
différentes. On ne pouvoit

douter qu'il ne fut un homme intrepide, & deux grandes paſſions , dont il avoit ſouffert toutes les peines ſans inconſtance, prouvoient ſa tendreſſe & ſa fidelité.

Si le hazard donna le cœur de Mademoiſelle des Charmes à ce Comte ; le goût & l'inclination donna celui du Comte à Mademoiſelle des Charmes. Elle étoit d'une ſi grande beauté , & d'un ſi doux commerce, qu'un homme aguerri en paſſions, & plus difficile qu'un autre, ne pouvoit lui échapper.

Il proteſta en ouvrant ſon billet , qu'il ne deſiroit plus

rien au monde ; que l'horreur qu'il avoit eu toute sa
vie pour tous les jeux, étoit
passée ; & qu'en faveur d'un
coup si heureux du hazard,
il se déclaroit partisan de tous
les jeux du monde. Mille expressions plus fortes & tres-
naturelles dans cette occasion, firent connoître son
penchant pour Mademoisel-
le des Charmes.

Il y avoit un merite de
rapport entre eux. Tous deux
étoient beaux & bien faits ;
il avoit de la noblesse, du
courage, du serieux, & de la
stabilité : nulle difference,
que celle du sexe & de l'âge.

C'est

C'est quelque chose à la vérité : mais une personne raisonnable voit les engagemens du cœur , vec des yeux bien differens du monde ordinaire. Mademoiselle des Charmes étoit de celles-là. Elle envisagea la liaison qu'elle alloit former avec le Comte, comme un moyen juste d'arriver à l'état heureux qu'elle se proposoit

Elle ne se trompa pas dans son calcul : personne n'étoit plus capable de rendre une femme heureuse que le Comte : il étoit sçavant, il étoit bon, il étoit franc, il étoit doux, & d'un genie si pénétrant & si délicat, que la conduite & l'étude d'une femme raisonnable, trouvoit son compte avec lui.

Il ne laissoit rien échapper à son attention, jusqu'aux plus legeres marques d'une amitié véritable, chez lui étoient surpassées dès qu'elles étoient connuës.

La magnificence & la générosité furent les premieres marques de son attachement. Il fit revivre le siecle d'or dans le petit Palais de Délices, où la Baronne faisoit son séjour.

Mais son charmant caractere fit naître beaucoup d'en-

vie dans la plûpart des es-
prits, qui ne pouvant agir
avec autant de noblesse, sans
avoir un motif tres - diffe-
rent, attribuoient à l'or-
gueil ce qui venoit d'un
grand cœur.

On se persuadoit qu'il vouloit se donner pour modele;
mais son dessein étoit d'en
suivre un bon, plûtôt que
d'en donner un nouveau.

Le Chevalier surtout, plus
piqué qu'un autre, par le
desir empressé qu'il avoit de
plaire à Madame la Baron-
ne, craignoit d'être sur-
passé par les manieres du
Comte, & d'être trouvé en

défaut sur quelques nobles
soins, dont pas un n'écha-
poit à l'ardeur & à la vigi-
lance, que le Comte avoit
pourMademoiselle desChar-
mes.

L'envie ne produit pas
toûjours la haine; elle ani-
me quelquefois plûtôt que
d'affliger. Le Chevalier sen-
tit cette disposition ; & tout
plein d'unenoble ardeur pour
sa Maîtresse, il ne voulut
pas qu'elle pût voir dans un
autre, une passion qui pût se
mettre en comparaison avec
la sienne.

Comme il étoit tout plein
de feux, & qu'il étoit la sour-

ce des liaisons qui venoient
de se former ; il prémedita
une fête pour les Dames,
dans laquelle l'amour & la
magnificence pût surpasser
l'attente de toute l'assemblée.

Comme il ne plaignoit
rien dans une occasion d'im-
portance, il prit ses mesures,
pour que sa puissance répon-
dît à ses desseins , & qu'il
pût surprendre en faisant
plaisir : il sçavoit que c'est
la seule surprise qui est agréable dans les fêtes galantes.

Au bout du parterre de ce
beau Château, s'éleve une
terrasse bordée d'orangers ,

au milieu de laquelle eſt un
grand cercle de gazon, dans
le milieu duquel eſt un jet
d'eau qui s'éleve juſques aux
nuës, & qui retombe avec
tant d'art, qu'il ſemble former un paraſol à tout le cercle, pour ſe venir rendre
dans le ruiſſeau qui l'envi-
ronne.

Aux deux bouts de la ter-
raſſe, ſont deux cabinets de
jaſſemin, qui conduiſent à
deux allées, qui laiſſent voir
à perte-de-vûë, le ciel & la
riviere.

Dans un loingtain de ce
grand cercle de gazon, qui
partage la terraſſe, l'on voit

une pleine campagne, qui preſente dans l'éloignement de petits côteaux enchantez, qui forment des ſimétries & des vûës admirables. La nature eſt ſi belle dans ce circuit, qui ſemble en être détaché, que tout l'art paroît inutile en le regardant.

Un doux murmure d'eaux & de petits échos languiſſans, ſe font entendre ; une multitude de roſſignols ſe perchent ſur les arbres, qui bordent les allées, & un ſable menu & doré ſur lequel on marche, rend ce ſéjour parfaitement délicieux.

Ce fut là le théatre, où

le Chevalier fit éclater fa magnificence dans une grande
fête ; aprés avoir fait tout
préparer dans l'orangerie ,
qui eft audeffous de la terraffe , afin que l'on ne foup-
çonnât point fon deffein.

Sur les cinq heures que
les Dames alloient prendre
le frais fur cette belle terraffe,
elles furent furprifes , lors
qu'elles arriverent au cercle
de gazon, de le trouver couvert de couffins de velours
brodez d'or , auprès defquels
étoient des corbeilles de phi-
lagrame, toutes pleines de
fleurs.

Cette maniere de les faire

asseoir, leur parut une galanterie superbe, qu'elles reçûrent tres - gracieusement. Elles n'eurent pas plûtôt touché aux fleurs, qui étoient dans les corbeilles, qu'elles s'apperçûrent qu'un tafetas incarnat, qui étoit sous les fleurs, couvroit des fruits exquis, & des confitures séches admirables.

Mais leur étonnement fut encore plus grand, lorsque jettant les yeux sur les orangers, qui bordoient la terrasse, elles virent la distance qui les separoit, remplie par des carafes de crystal, d'une beauté & d'une gran-

deur prodigieuſe, dans leſ-
quelles on voyoit toutes ſor-
tes de couleurs differentes,
par la diverſité des liqueurs
qui les rempliſſoient. Les
orangers ne les ſurprirent
pas moins : ils étoient tous
garnis de rubans, qui atta-
choient des fruits confits,
auprés des fleurs dont ils é-
toient couverts.

Et tout cet aſpect galant
paroiſſoit ſans avoir été pré-
cedé par nulle préparation
qui eut paruë. Les carafes
étoient couvertes par des
verres d'une beauté admira-
ble, que les Cavaliers prirent pour ſervir des liqueurs

aux Dames : & la collation
se fit dans un des cabinets
de jassemin , avec toute la
magnificence & la joye pos-
sible.

Personne ne troubla la fête , & chacun crut qu'elle
se bornoit à cette superbe
collation. Mais quand le
Soleil fut couché, & que
la diversité des objets agréables ne pouvoit plus s'ap-
percevoir qu'à peine ; les
oreilles furent frapées agréablement par les plus beaux
tons qui se soient jamais en-
tendus.

Quatre des plus belles voix
du monde chantoient en

partie, soûtenuës par des tuorbes, & des baſſes de viole; & quand elles eurent pendant une heure, flatté l'ame, par les ſons les plus doux & les plus tendres, quatre flûtes douces prirent leur place, & tout le monde fut enchanté.

Comme les voiles de la nuit commençoient à couvrir la terre, & que l'ombre ayant chaſſé le jour, les objets commençoient leur metamorphoſe, & l'horreur s'emparoit des eſprits & des cœurs : les Dames étoient déja levées pour retourner dans le Château , quand une douce lumiere les raſſu-rant , elles regarderent du côté du cercle de gazon, qui leur parut une aurore naiſſante.

L'on n'avoit encore allu-mé de diſtance en diſtance, qu'une partie des lumieres qui l'environnoient, & l'art faiſoit venir le jour, à peu près comme la nature.

La lumiere s'augmentoit peu à peu, à meſure qu'on allumoit de petites lampes, qui étoient autour d'une ma-chine ingenieuſement inven-tée, qui occupoit le milieu, d'une maniere ſi bien enten-

duë, qu'elle y fournissoit une
grande lumiere, sans empêcher les eaux de joüer.

Pour la terrasse, elle étoit
toute bordée de lumieres; les
orangers sembloient autant
de lustres de jaspe; les rubans qui servoient à lier les
fruits confits contre les fleurs,
servoient en même temps à
tenir de petits tuyaux, qui
soûtenoient des lampes en
si grande quantité, que la
terrasse paroissoit toute en
feu.

Dans le cabinet opposé à
celui d'où les Dames sor-
toient, paroissoit une table
ovale, où la propreté & la

volupté sembloient se combattre, à qui triompheroit des deux.

Tout ce que les soins peuvent inventer pour satisfaire à la delicatesse des gens d'une propreté achevée, s'y trouvoit avec abondance. Et tout ce que les mêts les plus délicieux peuvent fournir au gout le plus fin, naissoit à tout moment sur la table.

L'on se mit à manger sans necessité, & non pas sans appetit : car tout servoit à le réveiller. L'on n'eut pas levé le premier service, que les ornemens du second, qui répondoient à sa délicatesse, surprirent agréablement.

La diversité des fleurs, qui faisoient un parterre sur la table, étoit la moins rare parure des plats ; sans parler des mêts exquis qui les remplissoient. On se seroit contenté des ornemens qui servoient à les embellir : mille petits oiseaux d'un plumage charmant étoient autour ; & sans changer de place, leurs pates étant retenuës dans les bordures, ils faisoient un relief tout-à-fait agréable aux yeux.

L'art qui dans cette fête ne manquoit point au défaut

faut de la nature, fit entendre pendant que le service parut, un ramage charmant d'oiseaux, qui faisoient un concert champêtre; & l'enchantement paroissoit si continuel, qu'on trouvoit à peine un moment, pour exprimer son admiration.

Le ramage des oiseaux, fit place à un concert de violons & de haut-bois, qui retentissant dans la plaine, appelloient toute la nature à cette grande fête, & sembloient faire retentir les nuës par la magnificence de leurs sons.

D

Les sens pour lors char-
mez par de si flateux amu-
semens , réduisoient sans
contrainte toute l'assemblée
au silence , & l'on devenoit
tout oreilles dans ce délicieux séjour.

Mais la jalousie que le
vieux Comte avoit de la
magnificence du Chevalier,
le réduisit à la plus forte mé-
lancolie , dans la crainte où
il étoit , que Mademoiselle
des Charmes n'eût senti les
douceurs de cette fête.

Pour lui il ne sentoit rien
pour trop sentir : il ne se
fut pas apperçû pendant la
nuit de toutes les lumieres

qui brilloient sur la terrasse, si celles des yeux de Mademoiselle des Charmes, n'eussent été mêlées parmi elles.

Tout ce qui pouvoit occuper le cœur de cette belle à son préjudice, lui causoit un mortel chagrin. Il étoit jaloux avec des délicatesses, qui tiennent plus de l'amour que de la jalousie.

Il en vouloit à tous les mouvemens du cœur de Mademoiselle des Charmes : il n'étoit pas seulement effraïé d'un Rival, ou d'une Amie; il l'étoit d'elle-même. La délicatesse de sa passion, ne vouloit pas même rencontrer l'amour propre dans son chemin. Comme il avoit donné son cœur tout entier à sa Maîtresse, il auroit bien voulu avoir le sien de même. Il sçavoit mieux aimer qu'un autre, & se persuadoit que dans un parfait amour, l'objet remplit entierement le cœur; & comme l'amour en chasse l'idée de nôtre propre interêt, il en bannit aussi l'idée de nôtre propre être; & en quelque maniere nous passons par nôtre penchant, dans l'être qui a pû nous incliner vers lui.

Voilà ce qui s'appelle amour. Le Comte aimoit Mademoiselle des Charmes de cette maniere. Sa passion aïant été long-temps cachée, s'étoit fortifiée par le mistere, & l'occasion favorable de la déclarer, l'avoit mis dans toute sa force, aussi bien que dans tout son jour. Il en étoit d'autant plus malheureux, par les inquiétudes que cette fête lui causoit.

Il ne put la suivre jusques au bout, sans parler de sa peine. Il demanda à Mademoiselle des Charmes, si elle n'étoit point touchée par la magnificence, & le bon goût de cette fête. Elle

lui dit que la fête lui paroiſſoit tres-galante , mais
non pas touchante pour elle.
Mais ſi elle étoit faite à vôtre intention, reprit le Comte, quel prix cela auroit-il
auprès de vous. Nul , lui répondit Mademoiſelle des
Charmes : je l'approuve ,
c'eſt tout ce que je puis faire ; & la peine qu'elle peut
vous avoir fait ſur mon compte , doit à preſent vous faire
plaiſir.

Mademoiſelle des Char-
mes s'exprimoit avec le
Comte, comme ſi les mê-
mes deſirs les avoit animez
tous deux : elle pratiquoit

ſon devoir auſſi naturelle-
ment, que ſi la plus forte
inclination eût agi. Il faloit
y être interreſſé autant que
le Comte, pour ne pas croire que tout ce qu'elle lui
faiſoit paroître étoit de l'a-
mour.

Mais il y démêloit un ca-
ractere de bonté & de com-
plaiſance, qui tenoit plus
de l'eſprit que du cœur, &
ſa paſſion allarmée le mettoit au déſeſpoir. Il ne pouvoit ſe pardonner, de n'a-
voir pû faire naître une pa-
reille paſſion dans le cœur
de la plus aimable perſonne
du monde. Mais toute ai-

mable qu'elle étoit, on auroit pû lui en préferer un
autre : c'est un grand défaut, que d'être incapable
d'avoir beaucoup d'amour.

Mademoiselle des Char-
mes étoit de ce caractere,
noble, sage, reconnoissante,
pleine de douceur, mais un
peu indifferente; un calme d'a-
me dont elle ne sortoit jamais
la rendoit un peu insensible;
& il falloit un merite souve-
rain dans une figure aimable,
pour la rendre un peu tendre.
C'étoit le plus grand excès de
son cœur : elle n'avoit dans
un éminent degré, que de
l'esprit & de la vertu.

Pour

Pour de l'amour, son cœur n'en connoissoit que les plus foibles traits. Ce petit Dieu, pour se venger du tort qu'elle faisoit à sa mere, & du beau feu qu'il avoit mis dans ses yeux, éteignit son flambeau, plûtôt que d'enflammer son cœur. C'est un défaut insupportable, que de ne sçavoir point aimer ; il devroit moderer l'amour que la beauté fait naître.

Cependant le Comte aimoit Mademoiselle des Charmes, au-dessus de toutes choses, dans le tems même qu'il lui reprochoit son insensibilité. Que vôtre cœur est tran-

quille fur mon fujet, lui di-
foit il, le mien ne l'eft pas
fur le vôtre; il fe conferve
malgré la cruauté, à qui il
ne peut ceffer d'être. Je crains
de ne pouvoir cacher mon
trouble. Toutes mes fraïeurs
font des effets dont vous êtes
la caufe.

Vôtre indifférence ne peut
ralentir le panchant que
mon deffein a fait naître. Je
ne voudrois pas vous aimer
avec moins d'ardeur, mais
avec moins de trouble; ou
bien je voudrois que mon
trouble mît en vous quel-
qu'ardeur, & que ce ne fut
point par pitié que vous

entrassiez dans ma peine.

Mademoiselle des Charmes alloit adoucir la douleur du Comte, par ses charmantes expressions, si la jeune Comtesse de Bel-Amour n'étoit venuë les interrompre mal à propos.

Vraïment, ma chere, dit-elle, à Mademoiselle des Charmes, vous filez l'Amour, d'une languissante maniere, qui m'est bien insupportable. Peut-on être sérieux dans la plus brillante, & la plus enjoüée fête où l'on se puisse rencontrer. Si le beau Silvandre étoit de vôtre humeur, que de-

viendroit la jeune Com-
tesse ?

Il me faut un Amant, &
c'est comme tous les Amans
devroient être ; qui badine
avec l'Amour ; qui quand
je le voi , m'inquiete par
mille petites carresses, dont
il faut que je me défende ;
qui me quitte à tout mo-
ment par de petits caprices ,
qui invente mille petits jeux;
qui se mette à mes genoux
devant tout le monde. En-
fin, qui soit d'un commerce
si réjoüissant , que je puisse
ne me point ennuïer avec
lui.

Je veux que toutes mes

inquietudes viennent, de ce qu'il veut me chifoner, & non pas de fon abfence; que le plus grand chagrin que j'aïe de fon départ, foit de le voir rentrer mal-à-propos; qu'il fçache mil petits contes pour n'être pas férieux un moment, & qu'il ne puiffe jamais me chagriner, par ces languiffans, je vous ai-me, qui ne finiffent point; par ces regards mourans, qui me font peur, & par ces foûpirs qui m'ennuïent. J'aimerois autant mourir, que d'effuïer la converfation d'un Amant de ce genre. J'ai bien trouvé mon fait dans

le beau Silvandre : avoüez-
le, ma chere, il est vrai qu'il
s'aime un peu trop.

Quand nous sommes de-
vant un miroir à nous re-
garder ensemble, il ne s'apperçoit pas que j'y sois. At-
tentif à tous ses traits, il les
examine l'un après l'autre,
avec tant d'exactitude, que
dès qu'il est venu un poil
nouveau à son sourcil, il
s'en apperçoit. Sa main se
précipite dans la poche où
sont ses pincettes, il ne voudroit pas pardonner à son
visage le moindre super-
flu.

Il me désole quelquefois

avec ſes cure dents & ſon petit miroir ; quand on a les
dents belles & nettes, n'eſt-
ce pas aſſez. Il ne veut les
montrer que d'une certaine
maniere, afin qu'elles pa-
roiſſent toutes égalles ; &
dès qu'il rit un peu fort, il
reſſerre ſa bouche avec repen-
tir, de peur d'en avoir dé-
couvert plus qu'il ne veut
en montrer. Quoi qu'il les
nettoïe tous les matins avec
des cure dents, de l'eau, de
l'opiat, des vergettes, il y
voit toûjours quelque pe-
tite tache, après laquelle il
s'emploïe une partie du
jour.

E iiij

Il n'eſt jamais content de ſes lévres, ni de ſa bouche, elle n'obéit point aux formes qu'il veut qu'elle prenne; il a beau la frotter avec de l'eau, du taffetas noir, & la pincer pour l'arondir; les mouvemens qu'il y fait, montrent qu'il diſpute contre toutes ſes figures, & qu'il la voudroit encore autrement.

Il eſt inſupportable avec ſa jambe : il prend plus de ſoin à l'habiller, que la plus belle femme du monde n'en prendroit à toute ſa parure. Il ſe plaint toûjours de ſon Valet-de-Chambre.

Ses bas ne font jamais affez juftes, affez longs, affez
fins; le beau travail des cô-
tez, gâte la jambe, c'eft fon
opinion: les ombres des foïes
d'Angleterre, en changent
la forme: la groffeur des autres foïes, en ôte la no-
bleffe.

On ne le chauffe point
comme il veut, fa jambe
eft fine, à ce qu'il dit; mais
pour conduire infenfible-
ment au mollet, fans mar-
quer une feparation fenfible;
cela dépend plus de l'art que
de la nature; & c'eft ce qui
l'enflâme contre fes gens.

Dites moi après cela, fi

ce n'eſt pas ſe trop aimer.
Je lui pardonnerois bien de
certains petits ſoins néceſ-
ſaires , comme de mettre
des fleurs dans ſes draps ,
de n'y point ſouffrir de coû-
ture , de ſe faire gratter la
plante des pieds pour s'en-
dormir.

Quand on s'aſſoupit , ſe
faire évanter , afin qu'un ze-
phir nous conduiſe juſqu'au
ſommeil. Quand on eſt éveil-
lé , prendre d'heure en heure
quelques liqueurs agréables ,
afin que le plaiſir du goût
ne s'éloigne pas : ſe baigner
ſouvent dans des eaux de ſen-
teur : parfumer ſon linge ,

ſes cheveux, ſes habits, ſes boëtes, ſes chiens, & ſes laquais, tout cela tient de la propreté.

Mais c'eſt pouſſer la curioſité & la délicateſſe trop loin, que de vouloir comme lui, entendre un concert, dans le même temps que nous écoutons de jolies choſes qui nous plaiſent. Pendant qu'on nous peigne, être dans un demi bain, cela eſt trop voluptueux : je ne le pardonne pas.

Mademoiſelle des Charmes auroit pris plaiſirs à tous ces détails, de plus en plus extravagans de la jeuneCom-

tesse, si elle n'eût apperçû
l'ennui que cela causoit au
Comte, & si Mademoiselle
des Graces, épuisée de com-
plaisance par le long tête à
tête du Marquis, ne se
fût approchée pour prendre
part au risible entretien de
la Comtesse, qui n'eût cessé
de long temps son jargon, si
Madame des Attraits n'eût
majestueusement sorti de sa
place, à la priere du Chevalier, pour conduire l'assemblée dans l'autre cabinet de
jassemin, où se commença
un bal des plus beaux qui
ait jamais été. Toute la
Compagnie avoit le goût,

& l'adreſſe de la danſe.

Madame des Attraits ſur-tout danſoit parfaitement ; c'étoit de ces femmes dont la mine impoſe & plaît ; qui ſe preſentent toûjours avec nobleſſe, & qui repetent un air de nouveauté chaque fois qu'on les voit.

Elle avoit de beaux yeux fort tendres, les couleurs du tein belles, des cheveux blonds, qui lui donnoient un air gracieux ; la bouche & les dents admirables, la gorge belle, la taille regu-liere, la démarche noble, l'air extrêmement haut ; mais dans ſa fierté, ſe méloit un

air de douceur, qui rappro-
choit ceux que son grand
merite avoit allarmez.

Elle étoit pénétrante, sage, douce & bonne, une
grande égalité dans l'hu-
meur, & beaucoup d'éléva-
tion dans l'esprit : elle imprimoit jusques chez elle ;
quelque merite qui s'y ren-
contra, il n'étoit rien qui
pût approcher du sien. Aussi
le Chevalier, homme d'un
goût tres fin, résolut son sacri-
fice, dès qu'il en eût connu
les charmes.

Quoique l'esprit du Che-
valier ne fut pas de ces pre-
miers genies du monde, il

ne laiſſoit pas que d'être un tres-bel eſprit. Il avoit de la juſteſſe, de la délicateſſe, du goût. Il étoit galant, & ſa politeſſe embelliſſoit toutes ſes actions.

Il étoit né magnifique, rien ne lui coutoit pour donner, il oublioit ſes intérêts, avec tant de facilité, quand cela ne regardoit point le cœur, que les plus étrangers s'étonnoient de ſa généroſité.

Il avoit la taille belle; ſon air ſurprenoit, quoi qu'il eut beaucoup d'enjoûment : il imprimoit du reſpect dans les eſprits les plus ruſtiques.

Les traits de son visage,
paroissoient être assemblez
avec plaisir par la nature,
rien n'a jamais paru dans
des proportions si parfaites :
c'étoit de grands yeux longs,
qui s'ouvroient par un mou-
vement tendre : la couleur
& la passion s'y voïoient tout
ensemble : un grand sour-
cil noir en couronnoit le
cercle, & une longue pau-
piere de la même couleur,
en voilant partie de la pru-
nelle, rendoit son regard le
plus tendre, & le plus beau
qui fut jamais.

Son nez étoit sans défaut,
& de quelque sens qu'on le
regardât,

regardât, il étoit parfaitement bien fait : sa bouche
baissant un peu du milieu,
avoit une forme de cœur,
qui lui donnoit tous les agré-
mens imaginables : c'étoient
les plus belles lévres, & les
plus belles dents du mon-
de.

Le tour de son visage étoit un
ovale parfait, qui le rendoit
beau dans toutes les parures
differentes : l'ornement, le
dépoüillement, tout étoit
égal pour lui : sans perruque, il étoit un chef-d'œu-
vre ; avec une perruque, il
étoit encore mieux.

Il avoit la main & la jam-

be au-deſſus de toutes ex-
preſſions ; & il ſe mettoit
toûjours d'une maniere ſi
ſinguliere , & ſi bien enten-
duë , que ſes ſeules ornemens auroient répandu de
l'agrément, ſur le moins beau
des hommes.

Ce fut lui qui ouvrit le
bal avec Madame des At-
traits : cette premiere cou-
rante paroiſſoit plûtôt diffé-
rens pas , & différentes atti-
tudes de grandeur & de ma-
jeſté , où le corps peut être,
qu'une danſe familiere qu'-
on n'avoit point prémeditée;
car Madame des Attraits
ne s'attendoit point ce jour-

là , à cette pompeuse fête.

Elle enchanta toute l'af-semblée , auſſi bien que le Chevalier, & l'on n'oſoit ſe récrier , tant on étoit livré à l'admiration.

Les Dames furent un peu contriſtées , quand ſe vint leur tour pour danſer : elles ne pouvoient fournir de ces morceaux de démarche aſ-semblée , qui remuë l'ame d'une maniere ſenſible & charmante : elles danſoient bien , mais c'étoit toûjours fort au-deſſous de Madame des Attraits.

Elles ne laiſſerent pas de danſer des menuets , avec

toute la bonne grace poffi-
ble , & particulierement
Mademoifelle des Charmes,
qui avoit un air tendre, qui
furprenoit l'attention, & qui
danfoit avec une noncha-
lance aimable , qui attiroit
précifement le cœur, avec les
regards.

Pour le Comte , il triom-
phoit en danfant avec elle :
comme c'étoit la plus belle
taille ; & le plus grand air
d'homme du monde , &
qu'il avoit toûjours danfé
parfaitement : il fe furpaffa
dans cette occafion : l'amour
lui donnant alors toute la
force que l'âge pouvoit lui

avoir ravie. Il entra en lice en héros de l'art : On ne pouvoit pas cependant le confondre avec un Maître à danſer. S'il en avoit la délicateſſe, il n'en avoit pas la mine. Il paroiſſoit tellement au deſſus de ce qu'il faiſoit, que dans l'antiquité, on l'eût pris pour un demi-Dieu.

Quand il eut fini, & qu'une acclamation générale eut payé tribut à ſon merite : la jeune Comteſſe de Bel - Amour, & le beau Silvandre, firent deſcendre l'aſſemblée du ſurprenant à l'agreable.

Bien des petites mines couſuës enſemble, ne laiſſoient pas que de former une tres-jolie danſe. Un petit air coquet qui n'abandonnoit point la Comteſſe, lui fit joüer un rôle, qui ne laiſſa pas que d'occuper. Elle avoit un air gracieux, pour ſon danſeur : dans toutes ſes figures ; en lui tournant le dos, elle avoit des petits branlemens de tête, qui diſoient quelque choſe. Elle lui ſoûrioit galamment, quand elle commençoit à le voir.

Elle donna ſon petit doigt au lieu de la main, quand

fe vint pour finir. Elle fit
adroitement que la boucle
du foulier de Silvandre,
accrocha la queuë de fa ro-
be ; ce qui les arrêta tous
deux. Elle fortit tres galamment de cette petite avantu-
re. Elle amufa Silvandre un
moment, quand il la remit
à fa place, & tout le petit
jeu de fon caractere, fut tres-
bien executé.

Comme l'éclat des illu-
minations avoit inftruit la
Nobleffe voifine, de la fête
qui fe donnoit ; il vint plufieurs Gentilshommes, &
plufieurs Dames demander
s'il y avoit bal : ils étoient

tous en état d'y entrer.

On le vint dire au Chevalier, qui en avertit Madame des Attraits : personne trop polie pour refuser l'entrée dans cette occasion. Elle donna ordre qu'on baissa le pont-levis pendant plusieurs heures, & qu'on laissa l'entrée libre. Il vint plusieurs personnes de qualité des mieux faites, & des plus belles.

La plus aimable, ce fut Mademoiselle du Jour, qui brilla beaucoup, tant par sa beauté que par sa danse. C'étoit une petite blonde, qui quoi qu'elle n'eût que

de

dé petits yeux bleux ; ſes
yeux ſe trouvoient par tout,
& tout ſe trouvoit dans ſes
yeux.

Son viſage étoit délicat, les
roſes & les lis étoient ſur ſon
tein. Sa taille étoit mignone,
& ſon air fin. Un petit air
badin , qui la faiſoit prendre pour la Déeſſe de la
Jeuneſſe, & un enjoûëment
agréable, qui tenoit abſolu-
ment de l'eſprit.

Elle danſa avec beaucoup
d'agrément. Elle plût, &
ſi les liaiſons de l'aſſemblée
euſſent été moins formées,
elle auroit été plus loin. Mais
quoi- qu'elle eut paru jolie

aux yeux de tout le monde, elle n'eut aucune douceur de toute l'aſſemblée : ſans le beau Silvandre, elle auroit douté de l'approbation de tous les Cavaliers : leur tendreſſe, & leur diſcretion, leur aïant fait garder ſur ſon merite un ſilence parfait.

Pour le beau Silvandre, ſa paſſion étoit d'un caractere qu'il ne croïoit pas y faire tort, en ſe déclarant plein de goût pour Mademoiſelle du Jour.

Cela lui paroiſſoit des droits naturels de l'occaſion. Auſſi n'épargna-t-il point les applaudiſſemens ; il s'en acquitta en homme chargé de ce ſoin par toute l'aſſemblée.

Après cette ſcene de la petite blonde , vint celle de deux vieux Gentilshommes du voiſinage ; qui malgré la glace des ans , vouloient ſuivre encore l'amour.

Leur figure avoit été belle. L'on voïoit encore dans le débris de la nature, certains traits épargnez, où ſe découvroit une ſorte de beauté qui faiſoit plaiſir. On les auroit pris pour le Temps. Ils conduiſoient pluſieurs ſiecles avec eux, & ſans les prendre pour médailles, on peut dire que c'étoit des antiques de la nature.

Ils commencerent une danse, dont on ne connoisfoit ni la figure, ni les pas: mais par son extrême ancienneté, elle presenta quelque chose des graces de la nouveauté même. Chacun se récria. Effectivement l'on ne pouvoit pas voir sans admiration dans ces deux vieillards, revivre l'antiquité même, & se mouvoir comme nous faisons.

Leur esprit ne paroissoit point affoibli; ils parloient même de l'amour d'une ma-

niere à se faire écouter long-
temps. Leurs discours quoique galans, étoient sages,
& se conformoient à leur
âge. On ne pouvoit se lasser
de les regarder : leur phisio-
nomie avoit quelque chose
de vénérable & de since-
re, qui attachoit les spec-
tateurs.

Ils avoient un air de sou-
veraineté, auquel on ren-
doit hommage sans con-
trainte. Madame des Attraits
& le Chevalier, leur firent
tous les honneurs dûs à leur
noblesse, & à leur âge.

Le Bal finit par une sce-
ne tres-agreable : c'étoit l'en-

trée de six petits enfans de qualité du voisinage, qui sembloient renouveller la nature, après la scene des Vieillards.

Ils étoient tous vêtus magnifiquement. Ils avoient une grace, & des gestes qu'on ne sçauroit d'écrire : leur taille & leur visage embellissoient leur parure.

C'étoit une troupe d'Amours qui conduisoient les Graces & les Ris pour rendre la fête plus parfaite. Leur petit langage fit un vrai plaisir. Quand ils eurent dansé avec beaucoup de propreté, on leur fit donner

des rafraîchissemens & des
confitures séches en quantité.
L'on écouta encore leurs petites raisons, pour divertir
l'assemblée.

Il y avoit deux petites
filles, & quatre petits gar-
çons. Ils avoient tant de
politesse, que l'éducation
brilloit en eux autant que la
jeunesse : quand on leur eut
fait des complimens sur ce
qu'ils dançoient bien, auf-
quels ils répondirent fort
juste.

On leur demanda com-
ment ils avoient pû être si-
tôt parez pour venir au Bal.
On est bien diligent, Ma-

dame , répondit le plus grand , quand c'eſt pour avoir le plaiſir de venir ici : & puis dès que j'ai ſçû que Mademoiſelle Mignone y venoit , j'ai demandé à ma Bonne , de me faire chan- ger d'habit tout à l'heure. Je m'en vins , de peur que Ma- demoiſelle Mignone ne par- tît ſans moi.

Il auroit pouſſé plus loin ſon petit raiſonnement ; mais un Gouverneur & une Gou- vernante impatiens de les emmener , finirent ce petit divertiſſement , & prirent congé noblement & joli- ment. On les quitta à regret.

Comme la plus grande partie de ceux qui étoient venus pour voir le Bal, s'étoient retirez, & qu'il étoit fort tard, l'on prit le chemin du Château ; & l'on fortoit déja du Cabinet, quand le bruit des boëtes & des fufées furprit tout d'un coup.

Le cercle de gazon n'étoit plus illuminé, pour laiffer plus d'éclat au feu d'artifice, qui étoit dans la plaine. L'on paffa dans le cercle qui faifoit le milieu de la terraffe, comme dans le lieu le plus commode pour voir le feu, & l'on découvrit

tout ce que l'art peut faire
de plus beau de cet élé-
ment.

Un Château de lumiere
paroiſſoit aux yeux, au haut
duquel étoit une terraſſe,
d'où s'élevoit une gerbe de
feu, qui répandoit des
étoiles ſur tout l'édifice. On
voïoit aux quatre coins, des
Nimphes de feu, qui ren-
verſoient des cornes d'abondance, dont il ſortoit des
multitudes d'étoiles.

Il y avoit deux grands
cercles de feu, en forme de
couronne, qui accompa-
gnoient ce bâtiment; & du
milieu deſquels s'élevoient

des fufées , qui après qu'-
elles étoient defcenduës, couroient long-temps fur la terre en ferpentant , & puis re-
montoient en l'air , & re-
tomboient en étoiles.

Enfin c'étoit un enchaîne-
ment continuel de feux & de
brillans, qui éclairoient toute la plaine. Les yeux avi-
des à la difference innom-
brable de figure , fous lef-
quelles cet élement fe mon-
troit , par les foins d'un
merveilleux Artifte, ne pouvoient fe laffer d'être fixez :
& l'ame pour lors fans partage , étoit attentive aux
differentes furprifes dont l'art

venoit l'ébranler.

Il falloit être auſſi amou-
reux que l'étoit le Comte,
pour ſentir toute ſa paſſion,
dans un temps où des ſpec-
tacles auſſi beaux que ſurprenans, occupoient les ſens &
l'eſprit, & ne laiſſoient à
l'ame qu'une partie de ſon
pouvoir.

Mais l'amour, qui eſt plus
fort que la mort, eſt plus
fort auſſi que les élemens,
& que toute la nature en-
ſemble : c'eſt pourquoi il
triomphe de toutes les diſſi-
pations.

Quels feux ſont compa-
rables, diſoit le Comte, à

Mademoiſelle des Charmes,
à celui que vos yeux ont
allumé dans mon ame? Quelque force que celui ci ait
au deſſus du mien, l'on peut
l'éteindre, & le mien durera
toûjours. La perfection de
l'art a donné l'être à celui-
ci; & c'eſt la perfection de
la nature, qui a donné l'être
au mien. Quelque attention
que je donne au ſpectacle
charmant que ce feu me preſente, il ne m'occupe point.
Le feu qui me conſume, eſt
bien plus puiſſant que celui
qui m'éclaire; & je n'ai
de plaiſir à voir celui-ci,
que lors qu'il me ſert de pré-

texte, pour vous parler de celui que je fens.

Quelque merveilleux dans fa conftruction, que foit ce feu materiel ; quelque ardent dans fon activité qu'il paroiffe aux yeux de tout le monde ; fi l'on pouvoit voir dans mon ame, on y découvriroit une ardeur plus furprenante, & qui furpaffe bien toute celle de l'art.

Que je fuis malheureux, de ne pouvoir vous faire entendre mon langage ? Vôtre infenfibilité ne m'outrage pas feulement par l'oppofition qu'elle met à nos fentimens, mais encore par l'ob-

ftacle invincible où elle vous
met, de pouvoir connoître
les miens. Je ferois moins
jaloux d'être aimé que d'être
connu: je voudrois du moins
pour me confoler de vôtre
indifference, que vous con-
nuffiez mon amour, & que
cette connoiffance vous in-
fpira le defir de m'aimer.

J'ai cru jufqu'à prefent,
lui dit Mademoifelle des
Charmes, que mes fentimens
vous étoient connus; je crai-
gnois même de vous les avoir
découverts avec trop de facilité; & loin d'en attendre de
fi cruels reproches, je me di-
fois à moi même, que la

tendreſſe ſe mêloit trop de
mes affaires. Vous m'avez
ſurpris par vôtre plainte ; je
dois vous ſatisfaire par mon
ayeu.

Le bruit des boëtes , qui
renouvellerent leur tonnerre,
& celui d'une multitude in-
nombrable de fuſées , qui ſe
tirerent en même temps , ne
leur permit pas de pouvoir
foûtenir la converſation. On
ne pouvoit plus s'entendre :
le feu étoit devenu de ces
ſurprenans plaiſirs , qui éton-
nent ſans effraïer. Le bruit
en étoit terrible, la lumiere
prodigeuſe, tout le jeu de l'artifice étoit encore dans ſon
action,

action, & tout cessa dans un moment.

Les Dames pour lors se leverent pour se retirer : mais elles virent le Château, qui étoit illuminé de la plus gracieuse, & de la plus galante maniere du monde.

Les lumieres étoient arrangées si ingenieusement, qu'-elles formoient le nom de Madame des Attraits, lequel on voïoit, de quelque éloignement que l'on fut. En approchant, l'on entendit que les violons faisoient retentir les échos de la gallerie; ce qui dura jusqu'au coucher des Dames.

H

L'on trouva en passant dans le sallon une prodigieuse quantité de liqueurs à la glace, dont la bonté & la diversité firent un nouveau plaisir.

Le Chevalier après avoir remis Madame des Attraits dans son appartement, & pris congé des autres Dames, que le Marquis, le Comte, & le beau Silvandre, prirent soin de remettre chez elles; fit distribuer l'argent de tous les billets blancs de la Lotterie, aux Domestiques de la Maison; qui charmez de la bonne fortune, qu'ils devoient plus à la generosité qu'au hazard , faiſoient des cris de joïe , en recevant de ſi magnifiques largeſſes.

Et le Chevalier après cette diſtribution, ſe fut coucher, content d'avoir ſi bien fini la Fête & la Lotterie tout enſemble, & de s'être attiré par un acte genereux , l'acclamation du peuple , l'admiration de tout le monde , & l'affection de ſa Maîtreſſe.

FIN.

PRIVILEGE DU ROI.

LOUIS par la grace de Dieu, Roi de France & de Navarre, à nos amez & feaux Conseillers, les Gens tenans nos Cours de Parlement, Maîtres des Requêtes ordinaires de nôtre Hôtel, Grand Conseil, Prevôt de Paris, Baillifs, Sénéchaux, leurs Lieutenans Civils, & autres nos Justiciers qu'il appartiendra : Salut. Nôtre bien-amé FRANÇOIS BABUTY, Libraire à Paris, Nous aïant fait remontrer, qu'il desireroit faire imprimer & donner au Public, *La Lotterie, Fête Galante;* s'il Nous plaisoit lui accorder nos Lettres de Privilege, pour la Ville de Paris seulement: Nous avons permis & permettons par ces presentes, audit BABUTY, de faire imprimer ledit Livre, en telle forme, marge, caractere, & autant de fois que bon lui semblera, & de le vendre, faire vendre & debiter par-tout nôtre Roïaume, pendant le temps & espace de quatre années consecutives, à compter du jour de la datte desdites presentes, Faisons défenses à toutes personnes

de quelque qualité & condition qu'elles
foient, d'en introduire d'impreffion étran-
gere, dans aucun lieu de nôtre obéïffance,
& à tous Imprimeurs, Libraires & autres,
dans la Ville de Paris feulement, d'imprimer, ou faire imprimer ledit Livre, & d'y
en faire venir, vendre & debiter d'autre impreffion, que celle qui aura été faite pour ledit
Expofant, fous peine de confifcation des
Exemplaires contrefaits, de mille livres d'a-
mende contre chacun des contrevenans,
dont un tiers à Nous, un tiers à l'Hôtel-
Dieu de Paris, l'autre tiers audit Expofant,
& de tous dépens, dommages & intérêts ; à
la charge que ces prefentes feront enregif-
trées tout au long, fur le Regiftre de la Communauté des Imprimeurs & Libraires de Paris, & dans trois mois de la datte d'icelles ;
que l'impreffion dudit Livre fera faite dans
nôtre Roïaume, & non ailleurs, en bon papier, & en beaux caracteres, conformément
aux Reglemens de la Librairie ; & qu'avant
que de l'expofer en vente, il en fera mis deux
exemplaires dans nôtre Bibliotheque publi-
que, un dans celle de nôtre Château du Lou-
vre, & un dans celle de nôtre tres-cher &
féal Chevalier, Chancelier de France, le fieur
Phelyppeaux, Comte de Pontchartrain, Com-
mandeur de nos Ordres ; le tout à peine de
nullité des prefentes. Du contenu defquelles
vous mandons & enjoignons, de faire jouïr
l'Expofant, ou fes Aïans caufe, pleinement
& paifiblement, fans fouffrir qu'il leur foit
fait aucun trouble ou empéchement. Voulons

que la copie defdites prefentes, qui fera im-
primée au commencement ou à la fin dudit
Livre, foit tenuë pour dûëment fignifiée, &
qu'aux copies collationnées par l'un de nos
amez & feaux Confeillers & Secretaires,
foy foit ajoûtée comme à l'original. Com-
mandons au premier nôtre Huiffier, ou Ser-
gent, de faire pour l'execution d'icelles,
tous actes requis & néceffaires, fans demander autre permiffion ; nonobftant Clameur
de Haro, Charte Normande, & Lettres à
ce contraires : C A R tel eft nôtre plaifir.
Donné à Verfailles le vingt-neuviéme jour
du mois de Janvier, l'an de grace mil fept
cent treize, & de nôtre regne le foixante-
dixiéme. Par le Roi en fon Confeil.

F O U Q U E T.

*Regiftré fur le Regiftre No. 3. de la
Communauté des Libraires & Imprimeurs de Paris page 563. No. 622. conformément aux Reglemens, & notam-
ment à l'Arreft du 13. Aouft 1703. Fait
à Paris le 4. Fevrier 1713.*

L. JOSSE, Syndic.

www.ingramcontent.com/pod-product-compliance
Ingram Content Group UK Ltd.
Pitfield, Milton Keynes, MK11 3LW, UK
UKHW022257120726
13694UKWH00003B/1093